LE THÉATRE CHEZ SOI

CONTES

ET

LÉGENDES EN ACTION

L'AUBERGE DU·CHEVAL BLANC

CHARADE EN TROIS PARTIES

PAR

JULES ADENIS

PARIS

A. HENNUYER, IMPRIMEUR-ÉDITEUR

47, RUE LAFFITTE, 47

1888

L'AUBERGE DU CHEVAL BLANC

CHARADE EN TROIS PARTIES

LE THÉATRE CHEZ SOI

CONTES

ET

LÉGENDES EN ACTION

L'AUBERGE DU CHEVAL BLANC

CHARADE EN TROIS PARTIES

PAR

JULES ADENIS

PARIS

A. HENNUYER, IMPRIMEUR-ÉDITEUR

47, RUE LAFFITTE, 47

1888

PREMIÈRE PARTIE

LE MARQUIS DE CARABAS

PERSONNAGES

LE ROI.
LA REINE.
LA PRINCESSE, leur fille.
JEAN, sous le nom du MARQUIS DE CARABAS.
PIERRE
MACLOU } frères de JEAN.
ROMINAGROBIS, animal-domestique de JEAN.

Une salle de palais, au moyen âge ; porte principale au fond,
portes latérales ; ameublement gothique.

SCÈNE PREMIÈRE.

JEAN, seul.

Au lever du rideau, Jean, richement habillé, est endormi sur un grand
fauteuil, à droite. Il parle et se retourne en rêvant.

Pierre ? Maclou ? Où êtes-vous donc ? (Appelant.) Rominagrobis ? Romina... (Il s'éveille, se frotte les yeux, se détire,
puis reste stupéfait après avoir regardé autour de lui.) Ah ! mon
Dieu ! Qu'est-ce que je vois là ? Où suis-je ? Je rêve
donc encore ?... (Il se lève et fait quelques pas.) Mais non, je
suis bien éveillé ! Comment, je me suis endormi, hier
soir, dans le moulin de mes frères, et je me réveille
dans un palais ! Qui m'y a conduit, ou plutôt trans-

porté ? Je n'ai conscience de rien ! (Il passe machinalement la main sur son bras droit et reste interdit.) Ah ! mon Dieu ! Qu'est-ce que c'est que ça encore ? On dirait du velours ou du satin... (Il se regarde.) Mais je suis habillé comme un grand seigneur, comme un prince ? Qu'est-ce que cela signifie ? Le bien, dit-on, vient en dormant. Alors, ce doit être cela : pendant mon sommeil quelque bonne fée m'aura touché de sa baguette. C'est égal, je voudrais bien avoir l'explication de tout ce qui m'arrive...

SCÈNE II.

JEAN, ROMINAGROBIS[1], entrant par le fond,
et saluant très cérémonieusement.

ROMINAGROBIS.

Salut à M. le marquis de Carabas.

JEAN.

Ah ! te voilà, Rominagrobis !

ROMINAGROBIS, saluant derechef.

Monsieur le marquis de Carabas a-t-il passé une bonne nuit ?

JEAN, regardant autour de lui.

A qui parles-tu donc ?

ROMINAGROBIS.

A vous, mon maître.

---

[1] Rominagrobis doit avoir un costume de chat, avec de grandes bottes de chasse.

JEAN.

A moi ? Mais je m'appelle Jean et...

ROMINAGROBIS, l'interrompant.

Chut !

JEAN, continuant.

Et je suis le fils d'un meunier qui...

ROMINAGROBIS, continuant.

Chut ! Vous ne vous nommez plus Jean ; vous n'êtes plus le fils d'un meunier ; vous êtes M. le marquis de Carabas.

JEAN.

Depuis quand ?

ROMINAGROBIS.

Depuis hier.

JEAN.

Et qui m'a donné ce titre ?

ROMINAGROBIS.

Moi. De plus, vous êtes, ici, chez vous, dans votre palais.

JEAN.

Qui m'a donné ce palais ?

ROMINAGROBIS.

Moi.

JEAN, se montrant.

Et ce magnifique costume ?

ROMINAGROBIS.

Moi, encore moi, toujours moi.

JEAN, vivement et agité.

Mais c'est impossible !

ROMINAGROBIS.

Impossible ?

JEAN.

Mais, animal que tu es, tu veux donc me rendre
fou !

ROMINAGROBIS.

Ce n'est pas mon intention, et si vous vouliez bien
m'écouter...

JEAN, vivement.

Sans doute, parle ? Explique-toi ? Je ne demande
que cela.

ROMINAGROBIS.

Volontiers. Mais comme l'explication sera longue,
j'engagerai monsieur le marquis à s'asseoir, et je lui
demanderai la permission d'en faire autant.

JEAN.

Soit ! (Ils s'asseyent.)

ROMINAGROBIS.

Il y avait une fois un meunier qui, en mourant, ne
laissa pour tous biens, à trois enfants qu'il avait, que
son moulin, son âne et son chat. Les partages furent
bientôt faits ; ni le notaire, ni le procureur n'y furent
appelés. Il ne serait rien resté du patrimoine ! Pierre,
l'aîné, eut le moulin ; le second, qui se nommait
Maclou, eut l'âne, et Jean, le plus jeune, n'eut que le
chat.

JEAN.

Mais je sais tout cela, mon cher ami.

ROMINAGROBIS.

Attendez donc. Le plus jeune ne pouvait se consoler
d'avoir un si pauvre lot : « Mes frères, disait-il, pour-
ront gagner leur vie honnêtement, en se mettant

ensemble. Pour moi, lorsque j'aurai mangé mon chat
et que je me serai fait un manchon de sa peau, il
faudra que je meure de faim. » Le chat, qui entendait
ce discours, bien qu'il n'en fît pas semblant, lui
répondit d'un air posé et sérieux : « Ne vous affligez
point, mon maître, vous n'avez qu'à me donner un
sac, et me faire faire une paire de bottes pour aller
dans les broussailles, et vous verrez que vous n'êtes
pas si mal partagé que vous croyez. »

JEAN.

Mais je me souviens fort bien de tout cela, et quoi-
que je ne fisse pas grand fond là-dessus, je t'avais vu
faire tant de tours de souplesse, que je consentis à te
donner ce que tu me demandais.

ROMINAGROBIS.

Il y a de cela à peine deux mois, et vous en voyez
aujourd'hui le résultat. Vous voilà grand seigneur,
propriétaire d'un palais superbe, et ce n'est que le
commencement de votre fortune.

JEAN.

C'est ici que je renonce à comprendre.

ROMINAGROBIS.

Alors, laissez-moi tout dire. Aussitôt en possession
des objets que je vous avais demandés, j'allai m'é-
tendre, en faisant le mort, dans une garenne où il y
avait un grand nombre de lapins. J'avais eu le soin de
mettre du son et des lacerons à l'orifice de mon sac.
A peine étais-je installé que j'eus le contentement de
prendre un jeune étourdi de lapin que je tuai sans
miséricorde. Je m'acheminai alors vers le palais, et

demandai à parler au roi. On me fit monter à l'appartement de Sa Majesté, où étant entré, je tirai une grande révérence en disant : « Voilà, Sire, un lapin de garenne que M. le marquis de Carabas, mon maître, m'a chargé de vous présenter de sa part. — Justement, répondit le roi, mes moyens ne me permettaient pas d'acheter un lapin de garenne ; dis à ton maître que je le remercie et qu'il me fait plaisir. » Or, depuis deux mois, je n'ai pas manqué de porter à Sa Majesté tous les produits de ma chasse : lièvres, lapins ou perdrix. Si bien que, ces jours derniers, le roi a témoigné le désir de vous connaître. C'est là que je l'attendais. Mais vous ne pouviez recevoir la visite du roi dans le moulin de vos frères.

JEAN, riant.

Non, en effet, et je vois que tu penses à tout.

ROMINAGROBIS.

Depuis quelque temps, j'avais remarqué un magnifique château dont le propriétaire était un ogre, le plus riche qu'on ait jamais vu ! Or, hier, ayant justement un beau lièvre dans mon sac, j'allai trouver cet ogre, en lui disant que je n'avais pas voulu passer si près de son château sans lui faire la révérence et lui offrir le produit de ma chasse. L'ogre me reçut aussi civilement que le peut un ogre, il me fit reposer et m'invita même à me rafraîchir. « On m'a assuré, lui dis-je pendant notre conversation, que vous aviez le don de vous changer en toutes sortes d'animaux ; que vous pouviez, par exemple, vous transformer en lion, en éléphant ? — Cela est vrai, répondit l'ogre brusquement, et, pour vous le montrer, vous m'allez voir devenir lion. »

JEAN.

Tu as dû être bien effrayé, mon pauvre chat ?

ROMINAGROBIS.

Ne m'en parlez pas ; je m'empressai de gagner les gouttières, et non sans peine, car mes bottes me gênaient beaucoup. Je ne redescendis qu'après avoir vu l'ogre reprendre sa première forme et je lui avouai que j'avais eu bien peur. « On m'a assuré encore, lui dis-je, mais je ne le saurais croire, que vous aviez aussi la faculté de prendre la forme des plus petits animaux, par exemple de vous changer en oiseau ou en souris ? Je vous avoue que je tiens cela pour tout à fait impossible. — Impossible ? reprit-il, vous allez voir. » Et, en même temps, il se changea en une souris qui se mit à courir sur le plancher. Vous comprenez que je ne l'eus pas plutôt aperçue que je me jetai dessus et la croquai. Plus d'ogre ! Et comme il n'avait pas d'héritiers, c'est à vous que reviennent tous ses biens.

JEAN, déclamant.

« Ah ! doit-on hériter de ceux qu'on assassine ? »

ROMINAGROBIS.

Des ogres ? Toujours ! Encore un mot et je termine, car vos frères ne vont pas tarder à arriver

JEAN.

Mes frères ?

ROMINAGROBIS.

Oui, ils peuvent servir nos projets, et leur concours nous est nécessaire. Tenez, je les entends, les voici.

SCÈNE III.

LES PRÉCÉDENTS, PIERRE, MACLOU, vêtus en paysans.

MACLOU, regardant le palais.

Mais regarde donc, Pierre, que c'est beau ici.

PIERRE.

Oh! oui, que c'est beau! Et en voilà-t-il des dorures!
Il y en a quasiment autant que sur la châsse de m'sieu
le curé.

JEAN, allant à eux en leur tendant la main.

Bonjour, Pierre : bonjour, Maclou.

PIERRE, saluant.

Monseigneur...

MACLOU, saluant.

Nous avons bien l'honneur...

JEAN.

Monseigneur? Vous ne me reconnaissez donc pas?

PIERRE, reculant de surprise.

Est-il Dieu possible! Est-ce que j'ai la berlue... mais
c'est Jean !

MACLOU.

Si c'est pas lui, il y ressemble joliment tout de
même.

JEAN.

Eh ! oui, c'est Jean, votre petit frère, qui vous
attendait.

PIERRE.

Pour lors, c'est donc bien vrai ce que nous a dit
Rominagrobis que tu allais devenir riche?

JEAN.

Il paraît.

MACLOU.

Et que si nous voulions t'aider, tu assurerais aussi notre sort ?

JEAN.

Soyez sûrs que si je réussis, je ne vous oublierai pas.

PIERRE.

Du moment qu'il s'agit de ta fortune...

MACLOU.

Et que nous en aurons not'part...

PIERRE.

Oui. Nous sommes prêts à faire tout ce que tu voudras.

MACLOU, retroussant ses manches.

Par où faut-il commencer ?

JEAN, riant.

Demandez à Rominagrobis.

ROMINAGROBIS, qui écoutait au fond, redescendant.

Il faut commencer par m'écouter, et quand vous m'aurez entendu, et bien compris, il faudra m'obéir.

PIERRE.

C'est facile. Parle !

ROMINAGROBIS.

Apprenez d'abord que, d'un moment à l'autre, le roi, la reine et la princesse, leur fille, vont venir visiter ce château.

PIERRE, abasourdi.

Le roi !

MACLOU, abasourdi.

La reine !

ROMINAGROBIS.

Et la princesse, leur fille. Mes informations sont exactes, et je connais l'itinéraire de ces augustes personnages. A telles enseignes que, dès le point du jour, j'ai parcouru le chemin que doit suivre leur carrosse, et ayant rencontré des paysans qui fauchaient un pré, je leur ai dit : « Bonnes gens qui fauchez, si vous ne dites au roi que ce pré appartient à M. le marquis de Carabas, vous serez tous hachés menu comme chair à pâté. » Plus loin, j'ai répété la même chose à d'autres paysans qui moissonnaient, si bien que le roi va être émerveillé des grands biens de M. le marquis de Carabas.

JEAN.

Mais, ne crains-tu pas, si l'on découvre ta ruse...

ROMINAGROBIS.

Je n'ai rien à craindre, car c'est la vérité.

JEAN.

Comment cela ?

ROMINAGROBIS.

Toutes les terres qui environnent ce château appartenaient à l'ancien propriétaire, et comme vous êtes son unique héritier, les terres vous appartiennent tout comme le château. Donc, aussitôt que le roi sera arrivé, avec sa femme et sa fille, vous leur ferez les honneurs de votre domaine et vous ne les laisserez pas partir sans leur offrir une collation.

JEAN.

Mais où veux-tu que je prenne...

ROMINAGROBIS.

Ne vous inquiétez de rien, tout est prêt. Votre prédécesseur devait, précisément, traiter aujourd'hui ses amis, et le menu sera digne de Sa Majesté. Le personnel, seul, nous fait défaut, car un aussi riche personnage que M. le marquis ne peut pas être servi par un seul domestique. C'est ici que vos frères peuvent vous être utiles... (S'interrompant pour écouter.) Écoutez ? c'est le bruit d'un carrosse qui passe sur le pont-levis... ce sont eux ! Alerte ! alerte ! (Ouvrant la porte de droite.) Pierre, Maclou ! entrez là, et attendez que je vienne vous y chercher. Vous aussi, Monsieur le marquis, et si le roi vous interroge sur les cadeaux que je lui ai faits en votre nom, n'oubliez pas ce dont nous sommes convenus.

JEAN, sortant par la droite.

Sois tranquille, je n'oublierai rien.

SCÈNE IV.

ROMINAGROBIS, LE ROI, LA REINE, LA PRINCESSE.

ROMINAGROBIS.

Maintenant, courons au-devant... Ah ! les voici.

LE ROI, entrant [1].

Cette demeure me paraît fort habitable.

LA REINE.

Il ne se peut rien de plus beau, en effet, que la cour

[1] Le roi doit porter un costume comique, dans le genre, très chargé, de celui des figures de carte : Charles, Alexandre, etc.

que nous avons traversée, et que les bâtiments qui l'environnent.

ROMINAGROBIS, saluant.

Votre Majesté soit la bienvenue dans ce château de M. le marquis de Carabas.

LE ROI.

Comment? ce château est encore au marquis de Carabas ?

ROMINAGROBIS.

Que je vais prévenir à l'instant, car il était loin de s'attendre à l'honneur que vous lui faites en daignant venir visiter sa propriété. (Il sort par la droite.)

SCÈNE V.

LE ROI, LA REINE, LA PRINCESSE.

LE ROI, à la reine.

Qu'en dites-vous, Clotilde ?

LA REINE.

Je dis que je suis très curieuse de connaître ce jeune marquis. Il est bien étonnant que nous n'en ayons pas entendu parler plus tôt.

LA PRINCESSE.

C'est que nous sommes venus très rarement dans cette contrée. On assurait qu'elle était habitée par un vieux seigneur très avare, très détesté, et qui, de plus, passait pour un ogre.

LE ROI.

Je me souviens, en effet, d'avoir ouï dire quelque chose comme cela.

LA REINE.

En tout cas, ce jeune seigneur est un parti superbe,
et il faut qu'on le présente à la cour.

LE ROI.

C'est mon avis, mais à la condition, toutefois, que
le plumage ressemble... à l'apanage.

LA REINE.

C'est une condition indispensable. Silence! on vient.

SCÈNE VI.

Les mêmes, ROMINAGROBIS, JEAN.

ROMINAGROBIS, au fond, et annonçant.

M. le marquis de Carabas. (Il se tient au fond.)

JEAN, entrant et saluant très bas.

Sire... madame... princesse... (Saluts réciproques et céré-
monieux. Au roi.) Veuillez m'excuser, si je n'étais pas
là pour vous recevoir, mais j'étais si loin de m'attendre à l'honneur que vous daignez me faire...

LE ROI.

C'est bien simple, allez, et je dirai même que rien
n'est plus simple. Nous nous promenions, en famille,
quand nous avons aperçu les tourelles de ce manoir.
Comme vous le savez, marquis, les femmes sont
curieuses...

LA REINE.

Sire, ces détails...

LE ROI, l'interrompant.

Ces détails ne sont pas oiseux pour expliquer notre

présence, et je maintiens le mot : les femmes sont curieuses. (Au marquis.) Or donc, ces dames ont eu la curiosité d'entrer dans ce château et de savoir à qui il appartenait.

JEAN, saluant.

Voilà une curiosité dont je leur saurai gré toute ma vie.

LE ROI.

Pas mal, pas mal. Marquis, vous vous exprimez bien ; et moi, qui suis tout rond en affaires, je vous dirai que, de mon côté, je ne suis pas fâché d'être venu, quand ce ne serait que pour vous remercier de vos prévenances à mon égard. Depuis deux mois, par l'entremise de votre coureur, vous m'avez comblé de gibier...

JEAN.

N'est-ce pas un hommage tout naturel...

LE ROI.

Que j'ai d'autant plus goûté que nous aimons le gibier... pas trop faisandé, cependant.

JEAN.

Cet aveu m'encourage...

LE ROI.

A continuer ?

JEAN.

Sans doute. Mais, à solliciter, d'abord, une nouvelle faveur de Votre Majesté. Mon chef a confectionné, hier, un pâté de bécassines dont il attend merveilles... et si, avant de repartir, Votre Majesté daignait accepter une légère collation...

LE ROI.

Légère, légère... un pâté de bécassines... c'est égal, marquis, vous me prenez par mon faible... d'autant plus que la promenade m'a donné une pointe d'appétit. Qu'en dites-vous, Clotilde ?

LA REINE.

M. le marquis met à son invitation une si bonne grâce que nous lui ferions de la peine, je crois, en la refusant.

LE ROI.

Alors, va pour la collation !

JEAN, à Rominagrobis.

Qu'on serve ! (Rominagrobis salue et sort.)

LE ROI, à Jean.

Il me semble, marquis, qu'il n'y a pas très long-temps que vous possédez ce château, et les terres qui l'entourent ?

JEAN.

Non, Sire, c'est un héritage tout récent, et auquel je ne m'attendais guère. Je puis même avouer que je ne m'y attendais pas du tout.

LA PRINCESSE.

Alors, monsieur le marquis, la surprise a dû vous être d'autant plus agréable ?

JEAN.

Plus encore que je ne le saurais dire, princesse.

LE ROI, bas, à la reine.

Il est fort bien.

LA REINE, bas, au roi.

Tout à fait bien. Illustre famille ! cela se voit tout de suite.

SCÈNE VII.

LES MÊMES, ROMINAGROBIS, PIERRE ET MACLOU,
revêtus d'une riche livrée, et apportant une table toute servie.

LE ROI.

Oh ! oh ! voilà un joli coup d'œil ! A table, alors.
(Il offre la main à la reine et se place à côté d'elle, au milieu. Jean offre la main à la princesse, et tous deux se placent aux extrémités, vis-à-vis l'un de l'autre. Pierre, Maclou et Rominagrobis ont avancé des sièges et font le service.)

LE ROI.

Eh, bien, marquis, nous allons boire à votre héritage, car je suis aussi rond à table, moi, qu'en affaires, et les soucis de la royauté ne m'empêchent pas de trinquer. *(Après avoir mangé.)* Oh ! oh ! voilà un pâté délicieux... et vous pouvez vous vanter d'avoir un chef... je vous l'enlèverai, je vous en préviens.

JEAN.

Sire, tout ce qui est ici est à vous.

LE ROI.

C'est égal, mon gaillard, convenez avec moi que vous aviez un motif, une arrière-pensée pour m'envoyer du gibier comme vous l'avez fait ?

JEAN.

Je ne sais pas mentir, et j'avais une arrière-pensée, en effet, mais je ne sais si je dois vous la dire en présence de la princesse.

LE ROI.

Ma fille ? Bah ! qu'est-ce que cela fait, puisque sa mère et moi nous sommes là.

JEAN.

Eh bien, Sire, le hasard m'ayant permis de rencontrer la princesse, j'ai été émerveillé de sa grâce, de sa beauté... et pour me faire bien venir, tout d'abord, de son père et de sa mère...

LE ROI, riant.

Ah ! ah ! A la bonne heure ! Et votre franchise n'est pas pour me déplaire. Comme je vous l'ai dit, je suis tout rond en affaires, et si ma fille vous trouve à son gré, il ne tiendra qu'à vous, monsieur le marquis, que vous soyez mon gendre.

MACLOU, à part.

Son gendre ! Oh ! (Dans sa stupéfaction, il laisse tomber une assiette qu'il tenait et qui se brise.)

PIERRE, à part.

Son gendre ! Ah ! (Même jeu que Maclou.)

ROMINAGROBIS, à part.

Maladroits !

LE ROI.

Quel est ce bruit ?

ROMINAGROBIS.

Sire, c'est le commencement du feu d'artifice... en l'honneur du mariage !

(Musique. — Rideau.)

DEUXIÈME PARTIE

LA PARADE

PERSONNAGES

GALIMAFRÉ, saltimbanque.
Mme GALIMAFRÉ, sa femme.
MALAGA, danseuse de corde, leur fille.
BOBÈCHE, banquiste.
Un recors.

A Paris, sous la Restauration, au boulevard du Temple.

L'intérieur d'une tente de saltimbanque ; porte d'entrée, au fond, masquée par un rideau de toile à matelas ; porte au troisième plan, à gauche, cachée également par une toile ; une banquette, un balancier, chaises de paille, tabouret.

SCÈNE PREMIÈRE.

GALIMAFRÉ[1], Mme GALIMAFRÉ, MALAGA.

Au lever du rideau, Malaga, en costume de danseuse de corde, est montée sur le banc qui est au milieu du théâtre et, son balancier à la main, répète le pas qu'elle doit danser sur la corde. Galimafré, à cheval sur un tabouret, à gauche, chante l'air de la gavotte, en frappant dans ses mains pour marquer la mesure. Mme Galimafré, assise à droite, sur une chaise, raccommode une robe.

GALIMAFRÉ.

Tra la la... la la la, la la, la la. Ce n'est pas mal. Un peu plus de souplesse, et la pointe du pied plus basse.

[1] Longue perruque rousse, et costume de paysan normand.

(Il achève l'air.) **Là, maintenant, Malaga, ma fille, tu peux te reposer.** (Malaga descend, et va poser son balancier contre le mur.)

MADAME GALIMAFRÉ.

Comme c'est aujourd'hui samedi, nous aurons peut-être un peu plus de monde qu'hier, à la représentation de ce soir?

MALAGA.

Oui, le samedi est jour de paye, et, quand les ouvriers ont de l'argent dans leurs poches, ils viennent le dépenser au boulevard du Temple.

GALIMAFRÉ, hochant la tête.

Oh! que ce soit samedi, dimanche ou lundi, maintenant, pour nous, les représentations se suivent, et se ressemblent, malheureusement! Nous n'avons plus la vogue. Depuis que Bobêche est venu installer, au boulevard du Temple, son *Académie des singes savants,* c'est à lui que va la foule. Ça ne peut pas durer long-temps comme ça, cependant, car nos recettes sont tombées presque à zéro.

MADAME GALIMAFRÉ.

Est-il possible!

GALIMAFRÉ, avec humeur.

Eh! tu le sais aussi bien que moi, puisque c'est toi qui tiens la caisse.

MALAGA.

Du courage, mon père. Il ne faut pas désespérer. Il suffit de si peu de chose pour ramener le public.

(On entend une sonnette au dehors.)

GALIMAFRÉ, avec amertume.

En attendant, voilà la sonnette de Bobêche qui annonce l'heure de son spectacle. Je parie qu'il y a déjà foule devant son estrade! Allons, femme, donne-nous la soupe. Nous commencerons, nous, dans une demi-heure, et nous aurons, peut-être, pour spectateurs, ceux qui n'auront pas trouvé de place à l'*Académie des singes savants*.

(Mme Galimafré sort par la gauche.)

SCÈNE II.

GALIMAFRÉ, MALAGA.

GALIMAFRÉ, avec force.

Oh! non! ça ne peut pas durer comme ça!

MALAGA, cherchant à le calmer.

Mon père...

GALIMAFRÉ, plus doucement.

Car, vois-tu, ma fille, je n'ai pas voulu tout dire devant ta mère, pour ne pas la tourmenter, mais je suis inquiet, très inquiet.

MALAGA.

Vous, mon père.

GALIMAFRÉ.

J'ai été obligé de faire un billet de cent vingt écus, il y a trois mois, et je ne l'ai pas payé. Si bien que, d'un moment à l'autre, on peut venir me prendre, et me conduire à la prison pour dettes, à Sainte-Pélagie.

MALAGA.

Ah! mon Dieu!

GALIMAFRÉ, à demi-voix.

Chut! Pas si haut. Rien n'est encore désespéré, cependant, car j'ai été voir mon créancier et il m'a promis d'attendre... il est vrai que voilà déjà pas mal de temps... qu'il attend. (Avec colère.) Oh ! ce gredin de Bobêche! Si je le tenais...

MALAGA.

Vous lui en voulez donc toujours? Cependant il n'est pas coupable de tout ce qui arrive là? Et c'est un peu votre faute.

GALIMAFRÉ, grommelant.

Ma faute... ma faute... Eh bien! oui... c'est possible.

MALAGA, continuant.

Il est venu vous demander ma main, en vous proposant une association. Pourquoi l'avez-vous repoussé? pourquoi lui avez-vous fermé votre porte?

GALIMAFRÉ, grommelant.

Pourquoi... pourquoi...? parce que je ne voulais pas partager ma réputation avec lui... parce que la gloire, c'est la vie de l'artiste!

MALAGA.

Son talent ne pouvait pas nuire au vôtre? Il l'aurait fait valoir, au contraire.

GALIMAFRÉ.

C'est possible. J'ai eu tort, mais il est trop tard maintenant.

MALAGA.

Pourquoi trop tard?

GALIMAFRÉ.

Parce qu'il faudrait convenir que j'ai été battu par

un pître; parce qu'il faudrait avouer ma défaite, et ce serait à mourir de honte ! J'aime mieux aller en prison.

MALAGA, avec reproche.

Oh!... et nous?

GALIMAFRÉ, avec un soupir.

Vous? Ah ! oui, c'est juste. Il y a vous !

SCÈNE III.

LES MÊMES, Mme GALIMAFRÉ, rentrant avec une soupièré qu'elle place au milieu du banc, puis UN RECORS.

MADAME GALIMAFRÉ.

Voilà la soupe.

GALIMAFRÉ.

Alors, mangeons. Il faut prendre des forces pour travailler. (Il se met à cheval sur le banc, vis-à-vis de la soupière, et remplit une assiette que sa femme a placée devant lui. Malaga, assise sur le banc, face au public, remplit son assiette également. Mme Galimafré s'installe sur un tabouret, derrière le banc, et mange dans une assiette posée sur ses genoux. Au moment où ils commencent à manger en silence, un recors soulève la toile du fond et entre.)

LE RECORS.

Pardon, M. Galimafré, s'il vous plaît?

GALIMAFRÉ.

C'est moi, monsieur, qu'y a-t-il pour votre service ?

LE RECORS.

Monsieur, je suis garde du commerce...

GALIMAFRÉ, saisi et se levant vivement.

Hein !

MADAME GALIMAFRÉ, à part.

Ah! mon Dieu! (Elle se lève, et pendant ce qui suit emporte la soupière et les assiettes.)

LE RECORS, tirant un billet de son portefeuille.

Il s'agit d'un petit billet de trois cent soixante francs pour lequel, après protêt, on a obtenu prise de corps contre vous. Je suis en règle, et, si vous ne pouvez payer, il faut vous disposer à me suivre à Sainte-Pélagie.

GALIMAFRÉ.

Un moment, monsieur, un moment! Avant d'en venir à cette extrémité, n'y aurait-il pas moyen de s'arranger à l'amiable?

MALAGA, à part.

Si je m'adressais à M. Bobêche? Ce serait peut-être le meilleur moyen. (Elle jette une mante sur son costume, et sort vivement par la gauche.)

SCÈNE IV.

LE RECORS, GALIMAFRÉ, Mᵐᵉ GALIMAFRÉ.

GALIMAFRÉ, au recors.

Si, par exemple, vous vouliez repasser dans deux heures, après ma représentation, je pourrais vous donner un acompte sur la recette?

MADAME GALIMAFRÉ.

On vous donnerait, même, toute la recette.

LE RECORS.

Impossible! Mon temps est compté; il faut me payer ou me suivre à l'instant.

GALIMAFRÉ, avec colère.

Eh bien! non, je ne vous suivrai pas!

LE RECORS.

Prenez garde! Si vous refusez, si vous résistez, je vais appeler main-forte. Mes hommes sont là, à leur poste, et ils sauront bien vaincre votre résistance.

MADAME GALIMAFRÉ, à part.

Mon pauvre mari, en prison!

LE RECORS.

Croyez-moi, dans votre intérêt, ne vous révoltez pas davantage, et ne m'obligez pas à employer la force.

GALIMAFRÉ.

Mais je ne demande que deux heures, deux petites heures seulement.

LE RECORS.

Impossible, je vous le répète. Une fois, deux fois, trois fois, monsieur Galimafré, je vous somme de me suivre!

GALIMAFRÉ, baissant la tête.

Allons!

SCÈNE V.

LES MÊMES, BOBÈCHE, enveloppé dans un grand manteau, avec un faux nez et une fausse barbe, puis MALAGA rentrant par la gauche, en cachette, et le chapeau de Bobèche à la main.

BOBÈCHE, entrant par le fond.

Arrêtez! Je viens payer.

TOUS.

Payer!

BOBÈCHE, présentant un sac au recors.

Voilà trois cent soixante francs en bonne monnaie d'or et d'argent. Comptez. (Le recors compte.)

GALIMAFRÉ.

Je ne reviens pas de ma surprise ! (A Bobèche.) Qui êtes-vous donc ?

BOBÈCHE.

Qu'importe, si je vous sauve.

LE RECORS.

Le compte y est.

BOBÈCHE.

Alors, gardez l'argent et rendez le billet. (Le recors lui remet le billet.) Maintenant, aimable garde du commerce, au plaisir de ne plus vous revoir.

(Le recors salue, et sort par le fond.)

MADAME GALIMAFRÉ, à part.

Bon débarras !

BOBÈCHE.

Père Galimafré, vous pouvez remonter sur votre estrade, vous êtes libre, et vous ne devez plus rien ! (Il déchire le billet et en jette les morceaux à terre.)

GALIMAFRÉ, ému.

Quel trait ! quel beau trait ! O généreux inconnu, qu'exiges-tu, en échange du service que tu viens de me rendre ? Parle ? Tout ce que je possède est à toi.

BOBÈCHE.

Père Galimafré, je ne veux rien, je ne demande rien, je n'exige rien.

GALIMAFRÉ.

Je suis prêt à t'accorder tout ce que tu me demandes. Mais, ô le plus magnanime des hommes, dis-moi, au moins, à qui je suis redevable d'un service pareil? Dépouille ton incognito, noble inconnu, dépouille-le, je t'en supplie?

BOBÊCHE, fausse sortie.

Inutile. Vous êtes libre, je m'en vais.

GALIMAFRÉ, le retenant.

Arrête !

BOBÊCHE.

Laissez-moi partir, je suis attendu.

GALIMAFRÉ.

Ton nom, au moins, dis-moi ton nom ?

BOBÊCHE, même jeu.

Je n'en ai pas. Au revoir, portez-vous bien.

GALIMAFRÉ, le retenant.

Non, tu ne t'en iras pas ainsi...

(En se débattant, Bobêche laisse son manteau dans les mains de Galimafré, et son faux nez tombe.)

GALIMAFRÉ, le reconnaissant et reculant avec stupeur.

Que vois-je? Bobêche !

BOBÊCHE [1].

Eh bien ! oui, c'est moi, Bobêche, votre concurrent, votre ennemi, mais Bobêche, un cœur d'artiste, qui ne pouvait laisser mettre en prison l'illustre Galimafré, le roi de la parade !

GALIMAFRÉ, émotion comique.

Ma femme? ma fille? avez-vous entendu? Il a dit

---

[1] Costume de Bobêche : veste rouge, culotte jaune, bas bleus, souliers à boucles et perruque rousse.

le roi de la parade ? Ah ! Bobêche, ce que tu viens de faire là... je n'y résiste plus ! Bobêche, regarde ma fille, je ne te dis que ça.

BOBÊCHE.

Sufficit ! j'ai compris.

GALIMAFRÉ.

Ta main ?

(Ils se serrent la main.)

MALAGA, embrassant Galimafré.

Merci, mon père.

MADAME GALIMAFRÉ.

A la bonne heure, c'est par là qu'on aurait dû commencer.

BOBÊCHE.

Père Galimafré, j'en suis pour ce que j'ai dit : associons nos deux réputations et marchons du même pas à la postérité. Que, désormais, nos noms soient inséparables, et qu'on ne puisse pas dire : Bobêche sans Galimafré...

GALIMAFRÉ.

Et Galimafré sans Bobêche. Tope là, et vivent Bobêche et Galimafré !

BOBÊCHE.

Voici l'heure de ta représentation. Faisons vite une répétition et nous paraîtrons ensemble devant ton public.

GALIMAFRÉ.

En avant ! (Il monte sur le banc.)

BOBÊCHE, à Malaga.

Malaga, mon chapeau[1].

(Malaga va prendre sur une chaise, au fond, le chapeau de Bobêche
qu'elle a apporté, en cachette, quand elle est rentrée à la scène V, et
le lui donne.)

BOBÊCHE, à Malaga.

Merci. (Il met son tricorne et monte sur le banc, à côté de Galimafré.)

TOUS DEUX, criant, ensemble, comme pour attirer la foule.

Ah ! ah ! ah ! ah ! ah ! ah ! ah !

GALIMAFRÉ, jouant.

Bobêche ?

BOBÊCHE, de même.

Chandelle ?

GALIMAFRÉ.

Comment, drôle, que veut dire cette réponse ? Me
manques-tu de respect ?

BOBÊCHE.

Dame..., vous me parlez bobêches, je vous réponds
chandelles.

GALIMAFRÉ.

C'est juste. (Appelant.) Paillasse ?

BOBÊCHE.

Matelas ?

GALIMAFRÉ.

Encore ! Tu es donc incorrigible ! Mais, ne me di-
sais-tu pas que tu venais de voyager ?

BOBÊCHE.

Oui, maître. Je viens même de passer l'hydropique
du concert.

---

[1] Ce chapeau est un tricorne, en feutre gris, surmonté, par
devant, d'un papillon qui se balance au bout d'un fil d'archal.

GALIMAFRÉ, au public.

Le butor ! Il veut dire le tropique du Cancer ?

BOBÊCHE.

C'est possible : Le tropique du Cancer. Mais, en mer, nous avons été assaillis par un ours.

GALIMAFRÉ.

Je ne t'entends point. Comment, par un ours ? En pleine mer ?

BOBÊCHE.

Oui, monsieur. Un ours avec des gants.

GALIMAFRÉ.

L'imbécile ! Il veut dire un ouragan. Et comment avez-vous échappé à cette tempête ?

BOBÊCHE.

Moi, monsieur, j'ai été avalé, comme Jonas, par une baleine que les savants appellent un *ça suffit.*

GALIMAFRÉ.

Comment : ça suffit ? Je ne comprends point, Paillasse ; que veux-tu faire entendre par là ? Ah !... tu veux dire un cétacé.

BOBÊCHE.

Ça suffit, c'est assez, est-ce que ce n'est pas la même chose ?

GALIMAFRÉ, lui donnant un coup de pied.

Taisez-vous, imbécile, et donnez-moi ma badine. Mesdames et messieurs, bonnes d'enfants et soldats, c'est assez nous amuser aux bagatelles de la porte...
(Il descend du banc, Bobêche aussi.)

MALAGA ET MADAME GALIMAFRÉ, applaudissant.

Bravo ! bravo ! Ça ira parfaitement bien.

GALIMAFRÉ.

Vrai ! alors, Malaga, ma fille, va vite donner le signal de la représentation.

(Malaga sort par le fond, et on entend, au dehors, la cloche ou la sonnette qui appelle le public.)

MADAME GALIMAFRÉ.

Mais, avec tout cela, mon pauvre homme, tu n'as pas soupé, et Malaga non plus.

BOBÈCHE.

Quoi, vraiment...

GALIMAFRÉ, à Bobèche.

Eh oui..., ce recors, avec son maudit billet... il nous a coupé l'appétit... Mais, bast ! grâce à toi, nous souperons plus gaiement... après la représentation.

MALAGA, soulevant la toile du fond, et entrant vivement.

Tout le monde accourt... oh ! quelle foule ! venez, venez vite ? nous sommes sauvés !

BOBÈCHE.

Allons ! en avant, Bobêche et Galimafré.

(Tous deux disparaissent par le fond. Ils sont censément montés sur une estrade, et on ne les voit plus, la toile à matelas étant retombée sur eux, mais on les entend commencer la parade devant le public. Malaga et Mme Galimafré écoutent en scène.)

LA VOIX DE GALIMAFRÉ.

Bobêche ?

LA VOIX DE BOBÈCHE.

Chandelle ?

(Musique. — Rideau.)

TROISIÈME PARTIE

L'AUBERGE DU CHEVAL BLANC

PERSONNAGES

RAOUL D'IGNEUSE.
MAURICE D'ORVAL.
RIGOULOT, aubergiste.
MAGDELEINE, sa femme.
CÉLINE, sa fille.
PAYSANS ET PAYSANNES.

Aux environs de Paris.

Une salle d'auberge; porte d'entrée, au fond; portes latérales; un bahut; tables et chaises; sur une table, au premier plan, à droite, une écritoire, des plumes et du papier.

SCÈNE PREMIÈRE.

MAGDELEINE, CÉLINE.

Céline est assise à la table de droite, et écrit sous la dictée de sa mère, qui est debout près de la table.

MAGDELEINE, dictant.

Un pain de six livres : vingt et un sous.

CÉLINE, écrivant.

Un franc, zéro cinq. Après ?

MAGDELEINE, écrivant.

Quarante-cinq sous de côtelettes.

CÉLINE, écrivant.

Deux francs vingt-cinq.

MAGDELEINE, dictant.

Deux choux-fleurs : douze sous.

CÉLINE, écrivant.

Soixante centimes. Ensuite ?

MAGDELEINE, dictant.

Un marolles : six sous.

CÉLINE, écrivant.

Trente centimes.

MAGDELEINE, dictant.

Deux quarterons de poires : huit sous.

CÉLINE, écrivant.

Quarante centimes.

MAGDELEINE, cherchant.

Je crois que c'est tout.

CÉLINE. après avoir additionné.

Ça fait quatre francs douze sous, maman.

MAGDELEINE.

Non. J'ai dépensé cinq francs quatre sous. Ah ! j'oubliais... une demi-livre de beurre : douze sous. Ça fait-il le compte, cette fois ?

CÉLINE.

Juste. Cinq francs vingt centimes. C'est bien votre compte. (Elle se lève et remet la note à Magdeleine.)

MAGDELEINE.

Non, garde-la. Tu la remettras à ton père pour qu'il la copie sur son livre, suivant son habitude.

RIGOULOT, au dehors, appelant.

Magdeleine... Magdeleine.

MAGDELEINE.

Tiens, le voilà ton père... qui m'appelle. Qu'est-ce qu'il me veut encore ?

SCÈNE II.

LES MÊMES, RIGOULOT.

RIGOULOT, entrant de gauche.

Eh ! Magdeleine ? (Les apercevant.) Ah ! vous étiez là.

CÉLINE.

Oui, mon père, nous écrivions la dépense de ce matin. (Elle lui remet la note.)

RIGOULOT, la prenant.

Bon ! Donne. (A sa femme). Madame Rigoulot, c'est M. Léon, le fils du notaire. Il vient d'arriver avec son porte-carnier, et demande à déjeuner.

MAGDELEINE.

On y va. (Fausse sortie.)

RIGOULOT.

Ah ! à propos... vous savez la nouvelle ?

MAGDELEINE, revenant.

Quelle nouvelle ?

RIGOULOT.

C'est vrai, au fait, vous ne pouvez pas la savoir, puisque c'est M. Léon qui vient de me l'apprendre. Eh bien, il paraît qu'on a volé, cette nuit, au château de Villeneuve... à deux pas d'ici.

MAGDELEINE.

Pas possible !

RIGOULOT.

Le garde croit se rappeler qu'au petit jour il a vu deux hommes qui couraient du côté de la grande route...

CÉLINE.

Et les a-t-on arrêtés ?

RIGOULOT.

Pas encore, mais on est sur leurs traces. Si je vous dis cela, c'est pour que l'on redouble de précautions et qu'on n'oublie pas de fermer les volets, comme cela arrive quelquefois. Je ne suis pas poltron, mais je suis prudent... et on ne saurait prendre trop de précautions.

CÉLINE.

Soyez tranquille, mon père.

MAGDELEINE.

On fermera les volets, je t'en réponds !

(Magdeleine et Céline sortent par la gauche).

SCÈNE III.

RIGOULOT seul, puis RAOUL et MAURICE.

RIGOULOT.

C'est vrai, dans cette auberge qui est isolée, sur la route de Senlis à Verberie, on est très exposé. Et quand on voit tous les jours ce qui arrive, on ne sait pas ce qui peut arriver. Hein ? Quelqu'un ?

RAOUL, entrant vivement par le fond le collet, de son habit relevé
et son chapeau rabattu sur les yeux.

Eh ! arrive donc ! Nous pouvons nous réfugier ici
pendant quelques instants.

MAURICE, entrant en secouant son chapeau.

Il le faut bien. Mais, c'est égal, je commence à me
repentir de t'avoir suivi.

RIGOULOT, saluant.

Que faut-il servir à ces messieurs ? Un déjeuner
pour deux ?

RAOUL.

Non.

RIGOULOT.

Une chambre ? Nous en avons une superbe, au premier, avec deux lits.

RAOUL.

Eh ! non, servez-nous deux grogs, là, sur cette table.
Avec de l'eau chaude, très chaude...

MAURICE.

Trop chaude.

RIGOULOT.

C'est tout ce que ces messieurs désirent ?

MAURICE.

Oui, pour le moment. Allez !

RIGOULOT.

Il suffit. (A part, en sortant.) Ces deux gaillards-là m'ont
l'air suspect... en tout cas, ils ne payent pas de mine.
(Il sort.)

SCÈNE IV.

MAURICE, RAOUL.

MAURICE.

J'étais sûr que nous finirions par nous égarer.

RAOUL.

Maintenant que nous sommes sur la bonne voie, il nous suffira d'une heure pour gagner la station la plus voisine.

MAURICE.

Par une pluie battante... comme c'est agréable !

RAOUL.

Eh bien ! nous attendrons que la pluie ait cessé.

MAURICE.

Et si elle ne cesse pas ?

RAOUL, riant.

Si elle ne cesse pas, elle manquera à tous les égards qu'elle nous doit ! Ah ! mon cher Maurice, que tu as peu de philosophie ! Pour être heureux dans la vie, vois-tu, il faut prendre le temps comme il vient, les hommes comme ils sont, et les femmes... comme elles veulent être.

MAURICE.

En attendant, nous voilà condamnés à passer notre journée dans une salle d'auberge... et quelle auberge !

RAOUL.

On trouve toujours à s'occuper quand on le veut bien. Tiens, voici justement une écritoire, du papier et des plumes. Assieds-toi là, et travaillons à notre roman.

MAURICE, s'asseyant à la table.

Je veux bien. Mais avant d'écrire il faut composer et savoir où nous allons ?

RAOUL.

C'est juste. Où en étions-nous restés ?

MAURICE, assis.

Nous avons terminé le chapitre douze qui finissait ainsi : « Après la mort de M. Durand, l'oncle de Sabine, son tuteur naturel, Robert n'avait plus qu'un homme à redouter, le subrogé tuteur, et c'était cet homme qu'il fallait faire disparaître. »

RAOUL, riant.

La suite au prochain numéro.

SCÈNE V.

LES PRÉCÉDENTS, RIGOULOT, qui porte un plateau, paraît à la porte
de gauche, et s'arrête en entendant la phrase qui suit.

MAURICE.

Maintenant que nous avons tué l'oncle Durand, il s'agit de faire disparaître le subrogé tuteur.

RIGOULOT, s'arrêtant inquiet, au fond.

Hein ? Ils ont tué l'oncle Durand !

RAOUL.

Sans doute. Il n'y a pas à hésiter.

MAURICE.

Il me semble que nous tuons beaucoup de personnages? Et on nous le reprochera.

RIGOULOT, à part.

Les misérables ! Je crois bien qu'on le leur reprochera.

RAOUL.

En tout cas, il faut faire mourir le subrogé tuteur autrement que ce brave Durand.

MAURICE.

Il faudrait faire croire à un suicide, pour le subrogé tuteur.

RAOUL.

C'est cela. L'étrangler dans son lit...

RIGOULOT, s'oubliant, haut.

Ah ! mon Dieu !

RAOUL, se retournant.

Hein ? qu'y a-t-il ?

RIGOULOT, troublé et tremblant.

Rien ! c'est-à-dire... c'est... c'est moi...j'a...apporte ce que vous... avez demandé.

RAOUL.

Les grogs? Ah ! bon ! Mettez-les là, sur cette table. (Rigoulot pose le plateau sur une table, en tremblant.) Mais qu'avez-vous donc ? vous paraissez tout ému, tout troublé ?

RIGOULOT, vivement.

Moi... non, non ! Au contraire. Et... c'est... c'est tout ce qu'il vous faut, pour... pour l'instant ?

RAOUL.

Tout, merci. (A Maurice.) As-tu pris des notes ?

MAURICE, lui remettant un feuillet.

Voilà.

(Raoul lit bas.)

RIGOULOT, à part, en s'en allant.

Ce sont les malfaiteurs qui ont volé au château. Magdeleine va courir à Villeneuve, Céline à la mairie... et quant à moi je reviens, et ne les perds pas de vue !

SCÈNE VI.

RAOUL, MAURICE, puis RIGOULOT.

RAOUL, remettant le feuillet sur la table.

C'est cela. Maintenant, cette auberge où nous sommes, isolée, sur une grande route, me donne l'idée d'une substitution.

MAURICE.

Quelle substitution ?

RAOUL.

Elle est compliquée, mais ingénieuse, du moins je le crois.

MAURICE.

Explique ton idée ?

RAOUL.

Supposons que le subrogé tuteur de Sabine soit obligé de faire un voyage et de s'arrêter, pour y passer la nuit, dans une auberge comme celle-ci.

MAURICE.

Soit. Après ?

RAOUL.

Robert et ses complices viennent s'installer, dès la veille, dans cette auberge... ils se substituent au personnel de la maison... le meurtre commis, ils disparaissent, et c'est l'aubergiste et ses proches qui sont accusés de ce crime.

MAURICE.

Je comprends, mais c'est bien compliqué en effet. Que Robert et ses complices disparaissent après l'assassinat, c'est facile ; mais comment pourront-ils se débarrasser de l'aubergiste et de sa famille pour se substituer à eux, et pour devenir les maîtres de la maison où doit descendre leur victime ?

RAOUL.

C'est difficile, j'en conviens, mais ce n'est pas impossible. Supposons, par exemple, que la maison soit composée, comme celle-ci, du père, de la mère et de la fille ?

MAURICE.

Bon. (Il écrit.)

RIGOULOT, entr'ouvrant doucement la porte de gauche
et passant la tête pour écouter.

Elles sont parties. Maintenant, écoutons.

RAOUL.

Il faut commencer par l'aubergiste.

RIGOULOT, à part.

Ah ! ah ! ils parlent de moi.

MAURICE.

Encore un crime ?

RAOUL.

Non, inutile. Un soporifique seulement.

RIGOULOT, à part.

Un sopori...quoi?

RAOUL.

On arrive, on se fait servir des rafraîchissements et on invite l'aubergiste à en prendre sa part. Les aubergistes ne refusent jamais de trinquer avec leurs clients. On glisse un narcotique dans son verre... et quand il est pris d'un sommeil profond, léthargique, on le transporte à un endroit désigné d'avance.

RIGOULOT, à part.

Qu'ils comptent là-dessus! Plus souvent que je boirai avec eux !

RAOUL.

Quant à la mère, qui doit avoir de la famille dans les environs, une fausse lettre l'appelle auprès d'une sœur, d'une tante gravement malade. Elle part... et le tour est fait!

MAURICE.

Mais la fille?

RAOUL.

La fille? On l'enlève !

RIGOULOT, à part.

Enlever ma fille! Oh ! les scélérats!

RAOUL.

Une fois maître de la maison, Robert prend la place et le costume de l'aubergiste...

RIGOULOT, à part.

Robert? qui ça, Robert? Un de leurs complices, sans doute.

RAOUL.

Tu vois que cela devient tout naturel, tout simple.

RIGOULOT, indigné.

Tout simple ! Oh ! les brigands !

RAOUL, qui a entendu, se retournant.

Hein? qui est là? Ah ! c'est vous, monsieur l'hôte.

RIGOULOT, troublé.

Non, ce n'est pas moi... c'est... ma femme.

RAOUL.

Comment ?

RIGOULOT.

Je veux dire : c'est ma femme que je cherche. On la demande... et... je regardais si elle n'était pas ici.

RAOUL.

Non, nous ne l'avons pas vue. Mais, décidément, vous avez quelque chose... cet air effaré... qu'y a-t-il? que se passe-t-il?

RIGOULOT.

Mais... rien ! absolument rien.

RAOUL.

Voyons, venez prendre un grog avec nous... ça vous remettra.

RIGOULOT, effrayé.

Oh ! non ! par exemple !

RAOUL.

Eh bien ! un petit verre, seulement, ça ne se refuse pas.

RIGOULOT, effrayé.

Non, non... je... je ne prends jamais rien... entre mes repas.

RAOUL.

Sérieusement? Sans façons?

(Bruit au dehors.)

RIGOULOT, à part.

Ah ! enfin ! Voilà les voisins, les amis. Courons les rejoindre.. Et quant à eux... leur compte sera bon. (Il se sauve.)

RAOUL, riant.

Ah çà ! que lui prend-il ? Il se sauve comme s'il avait peur de nous.

MAURICE, se levant.

Voici les notes que j'ai prises. Nous rédigerons tout cela à Paris, car la pluie a cessé et je crois que nous pouvons partir.

RAOUL, s'approchant du plateau et se versant à boire.

Alors, le coup de l'étrier, et en route !

SCÈNE VII.

LES PRÉCÉDENTS, RIGOULOT, MAGDELEINE, PAYSANS ET PAYSANNES, armés de fourches, de bâtons et faisant irruption par la porte du fond ; RIGOULOT brandit un sabre de pompier, et MAGDELEINE une lardoire.

RIGOULOT.

Halte-là ! toute résistance est inutile. Rendez-vous ?

RAOUL ET MAURICE, étonnés.

Que signifie cela ?

RIGOULOT.

Cela signifie que vous êtes découverts. Nous savons maintenant à qui nous avons affaire. Vous êtes les deux malfaiteurs qui avez volé au château de Villeneuve.

MAURICE ET RAOUL.

Nous ?

RIGOULOT.

Et de plus, moi, je connais vos indignes projets !
Après avoir assassiné cet infortuné Durand, vous voulez
encore faire disparaître le subrogé tuteur !

RAOUL, comprenant.

Ah ! bah ! Vous nous écoutiez donc ?

RIGOULOT.

Il n'y a pas d'ah ! bah ! Rendez-vous !

RAOUL, vivement.

Nous nous rendons, nous nous rendons. Et nous
sommes prêts à vous suivre chez le maire, chez le
juge de paix, chez le garde champêtre... enfin, où vous
voudrez.

MAURICE.

Avec ces papiers à l'appui. Ce sont les notes d'un
roman que nous composons, et qui seront notre jus-
tification.

RIGOULOT, étonné.

Un roman ? Pas possible !

SCÈNE VIII.

LES PRÉCÉDENTS, CÉLINE, accourant essoufflée.

CÉLINE.

C'est moi. J'ai joliment couru... et je n'en peux
plus.

RIGOULOT, vivement.

Parle ! Eh bien ?

CÉLINE.

Eh bien ! j'ai été à la mairie de Villeneuve... les deux voleurs du château ont été arrêtés par les gendarmes.

RIGOULOT.

Arrêtés ?

CÉLINE.

Et on les a conduits à la prison de Compiègne.

MAURICE.

Là ! vous voyez bien que ce n'est pas nous.

RAOUL.

Nous sommes flattés, certainement, que vous nous ayez pris pour des voleurs de grande route, mais nous préférons rester ce que nous sommes : de modestes romanciers. Du reste, nous sommes chasseurs aussi, et, à défaut de passeports, voici nos permis de chasse, avec signalements à l'appui. Lisez et comparez.

(Ils lui remettent chacun un port d'armes.)

RIGOULOT, lisant.

« Raoul d'Igneuse... profession : homme de lettres... Maurice d'Orval... etc., etc. » Eh bien ! vous savez, j'aime mieux cela, moi.

MAURICE.

Et nous aussi.

RIGOULOT.

Vous êtes libres ! A une condition, cependant, c'est que vous nous ferez lire votre roman?

RAOUL.

Accordé. Et pour commencer, nous allons boire à son succès.

(Ils entourent la table et trinquent gaiement.)

Musique. — Rideau.

MOTS DE LA CHARADE

Première partie : CHAT

Deuxième partie : PITRE

Troisième partie, le tout : CHAPITRE

A LA MÊME LIBRAIRIE

COMÉDIES

CÉLIÈRES (Paul). **Trente-cinq ans de bail**, comédie en un acte (5 personnages). In-8°).   1 fr. 50

— **Le Voisin Géronte**, comédie en deux actes en vers, avec intermèdes (7 personnages). In-8°.   1 fr. 50

— **L'Elixir d'Arlequin**, comédie en un acte en vers (6 personnages). In-8°.   1 fr. 50

— **Lilas blancs et Roses thé**, comédie en un acte (6 personnages). In-8°.   1 fr. 50

— **L'Oiseau sur la branche**, comédie en un acte (9 personnages). In-8°.   1 fr. 50

— **Chacun pour soi**, comédie en un acte en vers (6 personnages). In-8°.   1 fr. 50

LALUYÉ (Léopold). **L'Obus**, comédie en un acte (4 personnages). In-8°.   1 fr. 50

— **Azor et Lubin**, comédie en un acte (5 personnages). In-8°.   1 fr. 50

— **La Robe de bal**, comédie en un acte (5 personnages). In-8°.   1 fr. 50

— **Les quatre-vingts ans de la chanoinesse**, comédie en un acte (5 personnages). In-8°.   1 fr. 50

— **Chassez le naturel...**, comédie en un acte (5 personnages). In-18.   1 fr.

— **Les Cadeaux de mon oncle**, comédie en un acte (5 personnages). In-18.   1 fr.

ADENIS (Eug.). **Ma nièce Hortense**, comédie en un acte (4 personnages). In-18.   1 fr.

PROVERBES

CÉLIÈRES (Paul). **En scène, S. V. P.** Comprenant les 12 proverbes ci-dessous. 1 vol. in-18.   3 fr. 50

Tel oiseau tel nid (5 personnages); — Petite étincelle engendre grand feu (11 personnages); — Il n'est si petit qui ne compte (7 personnages); — Bon renom vaut un héritage (7 personnages); — Où la chèvre est liée... (2 personnages); — Tout est bien qui finit bien (6 personnages); — Il n'est chance qui ne retourne (6 personnages); — Loin des yeux, loin du cœur (6 personnages); — Absent le chat, les souris dansent (6 personnages); — Dire et faire sont deux (4 personnages); — Qui aime l'arbre aime la branche (5 personnages); — A beau mentir qui vient de loin (5 personnages).

Chaque proverbe formant in-18 : 1 franc.

DUPEUTY (A.).	Blanche de Césanne, proverbe en un acte (5 personnages). In-8°.	1 fr. 50
NUITTER (Ch.).	La Cage d'or, proverbe en un acte (5 personnages). In-8°.	1 fr. 50

CHARADES EN ACTION

CÉLIÈRES (Paul).	L'Incomparable Zuléma, charade en trois parties (8 personnages).	1 fr.
—	Un Dîner de huit couverts, charade en trois parties (2 personnages).	1 fr.
—	Le Gibier de Son Altesse, charade en trois parties (9 personnages). In-18.	1 fr.
—	Le Nez du marquis, charade en trois parties (7 personnages). In-18.	1 fr.
ADENIS (Jules).	Marionnette, charade en trois parties (7 personnages). In-18.	1 fr.
—	La Fête de Colombine, charade en trois parties (7 personnages). In-18.	1 fr.
—	L'Adroite Princesse, charade en trois parties (6 personnages). In-18.	1 fr.
—	La Double Méprise, charade en trois parties (6 personnages). In-18.	1 fr.
—	L'héritage de Jocrisse, charade en trois parties (6 personnages). In-18.	1 fr.

MONOLOGUES

LALUYE (Léopold).	Fleurissez-vous, Mesdames. In-18.	50 c.
—	Ah! le bal! In-18.	50 c.
BEISSIER (Fern.).	Le Nouveau. In-18.	50 c.
—	Mon bon Monsieur Croquemitaine! In-18.	50 c.
—	Petit Noël. In-18.	50 c.
	C'est pour demain! In-18.	50 c.

VAUDEVILLES

JOUSLIN DE LA SALLE.	La Marquise invisible, vaudeville en un acte (7 personnages).	1 fr. 50
DUFLOT (J.).	Les Ouvrières de qualité, vaudeville en un acte (7 personnages), musique de J. Nargeot.	

POÉSIES

PAUL CELIÈRES.	Le Premier Brin d'herbe.	50 c.
—	Un Rayon de soleil, fantaisie.	50 c.
—	Une Larme.	50 c.

www.ingramcontent.com/pod-product-compliance
Lightning Source LLC
LaVergne TN
LVHW021811170726
843503LV00007B/3158